KB106776

야근법정 5

불교문예작가회 05

# 야단법석 5

불고문예

## ■ 인사말

얼었던 땅이 녹으며 연둣빛 새싹들이 움트는 봄입니다.

불교문예작가회에서는 동백꽃 향기를 찾아 낭송회 및 글그림전을 문학의 본사라고 할 수 있는 고창 선운사에서 열게 되었습니다.

문인들과 함께 맑고 향기로운 부처님 마당에 모여 봄을 맞으니 참으로 마음이 그득합니다.

문학은 참 나를 찾아가는 수행의 또 다른 과정이라고 합니다. 작가 여러분의 작품이 부처님 도량을 채우고 작품집으로 만들어져 한마음이 되니 이 또한 부처님의 가피라 여겨집니다.

문학이 영혼을 살찌우게 하듯 여러분의 작품이 세상에 따뜻한 위로와 마음의 양식이 될 것입니다.

불교문예작가회 작품집 『야단법석』 5집 출간을 축하드리고, 봄 낭송회와 글그림전을 여법하게 치를 수 있도록 아낌없이 지원해주신 선운사 주지 경우 스님께 감사의 인사를 드립니다.

2019년 3월

불교문예작가회장 문혜관 합장

# 차례

인사말

# 줄 없는 거문고

지 옹


달은 거문고 되고 바람은 그 줄이 되나니

청음은 손끝에 있지 않네

때로는 무생곡을 튕겨 내나니

솔가지에 이슬 맺혀 학은 잠들지 못하네

# 돌아보지 마

권현수


얼룩고양이 길 고양이
밤길을 건너간다
돌아보며
돌아보며

발자국마다 고인
어둠의 깊이를 재며
시간의 흔적을 돌아보며
겨울밤을 건너간다

돌아보지 마

# 나목裸木

김 기화


숨이 찬 한밤을
삭풍에 떨며

알몸으로
적막을
휘감고

네
품속에
파고들었다

나의 가난한
밤은 뜨거웠다.

# 하얀 숨결

김 동 수

하늘에 뭉게구름 하나 떠 있다

한 줌 따
쥐어 보니

올올이 풀어져
내린다.

하늘은
저 멀리 천공에서

수 만개의 깃발을
펄럭이는데

주먹 속 구름은
간 데 없고

빈손에 푸른 물만 들었다.

# 선운사 동백숲에서

김명옥


한 걸음 일러
만나지 못하고
당신의 잠자리 따뜻하기만을 바랐다

한 걸음 늦어
만나지 못하고
죽어서 이름다운 살점들만 바라보았다

뒤늦게 깨닫는다
때를 놓친다 하여도
만날 인연은 만나진 다는 것을

스스로를 퇴고推敲하다 울먹해지는 숲
얼어붙은 정수리에
깊숙하게 새기고픈
붉디붉은 꽃 도장

# 도솔천 내원궁 오르는 길

김미형


꽃무릇 기다리는 꿈속 같은 날
동백꽃 애틋하게 붉게 누운 꽃자리
그대와 내가 울고 웃는 사바라네


숨 가쁘게 오르는 도솔천 돌계단도
그대와 내가 울고 웃는 사바라네


어둠 속 빛으로 머무는 지장보살님
가파른 돌계단에 백 팔 모습으로 앉았네
넘치는 욕심이 수없이 내디뎌도
차꽃 향기 등 밝히고 어서 오라 엷게 웃네


자비무적 한 등짐 가득 주시네

# 조용한 울음

김미희


주전자는 오늘도 소리 없는 울음을 삼킨다

가슴속에 가득 담긴 물을 온 힘으로 버티며
소리가 없어진 뚜껑을 원망하지도 못한 채

가슴 속 물 높이를 한없이 마냥 졸이며
프르륵 프르륵 앓는 소리를 보내도

알아차림 없는 무지한 인간을 기다리다
마침내 붉은 불덩이가 되어 타들어 간다

# 진달래꽃

김소월


나 보기가 역겨워
가실 때에는
말없이 고이 보내 드리우리다

영변에 약산
진달래꽃
아름 따다 가실 길에 뿌리우리다

가시는 걸음걸음
놓인 그 꽃을
사뿐히 즈려 밟고 가시옵소서

나 보기가 역겨워
가실 때에는
죽어도 아니 눈물 흘리우리다

## 매화방창梅花方暢

김 밝은


봄의 머리카락이 휘날릴 때마다 향기로 퍼져가는 소식에
바쁜 하루를 슬그머니 떼어놓고
바람을 향해 귀를 열었습니다

어쩌면 이번 생生이 참 좋을지도 모른다며
얌전하던 풍경風磬이 은근한 수다를 건네옵니다

풍경風景을 해석하는 글자들이 부끄러워지고
젖은 숨을 내쉬던,
예전의 내가 허공에서 가벼워지기도 합니다

오랜 시간의 지문을 가득 품은 얼굴 앞에서 사람들,
명주실처럼 감겨있던 말꽃 풀어내느라 바쁠 때

스님들 방귀 소리에도 화르르 웃음 터트리며
세상의 얼굴 저토록 환하게 하는

선암사,
매화방창입니다

# 궁남지에서 깨우치다

김수원


깊이를 알 수 없는 저 연못에
천년 묵은 이무기가 살았다지
하늘로 승천할 꿈을 뒤로 미루고 향락에 빠져 있었다지

연꽃들이 연밥으로 죄업을 닦는 염불을 외고
연잎마다 은하별이 맺힌 이슬로 염주를 엮어 마음을 씻었다지
한여름 피를 달군 천년 욕망 부질없어
이무기도 염불 삼매에 들곤 하였다지
번개가 죽비로 내리치는 깨침에
참회의 눈물이 폭우가 되어 궁남지 연못에 넘쳐흘렀다지

뼈를 깎는 구도 속에 흘리는 생혈을 찍어
욕정으로 돋아난 비늘결을 백지의 갈피로 삼아 경전을 새겼다지
한 자 한 자 천년의 불사 끝에 팔만대장경을 새겨 놓았다지

화룡점정하듯 마지막 획을 긋는 찰나의 섬광, 열리는 천상으로
궁남지에 내리는 꽃비를 타고 푸른 용이 되어 승천했다지.

# 절망을 뜯어내다

김 양희


우리를 탈출한
고릴라가 돌아다닌다

어떻게 나갔어
대체 비결이 뭐야

철망을
하루에 한 칸씩
나도 몰래 뜯었지

절망을 뜯어냈다고?
철망을 뜯어냈다고!

오타를 고치려다
눈이 주운 어휘 한 잎

절망을
하루에 한 줌
몰래 뜯어내야지

# 초록의 근육

김 연 경


초록 근육들이
오월 하늘에 가슴을 열어젖히고
세상을 들이쉬었다 내쉬는 사랑
나누고 싶어
꽃잎 펼치고 내게 다가오려 하네.

가슴가득 담았던 사랑도
은근슬쩍 스며들고 나면

뼈끝마다
소리종 매단 햇살이
밤새는 줄 모르고
어느새 뾰족이 봄을 내밀고 있네.

# 모란이 피기까지는

김영랑


모란이 피기까지는
나는 아직 나의 봄을 기다리고 있을 테요
모란이 뚝뚝 떨어져 버린 날
나는 비로소 봄을 여읜 설움에 잠길 테요
5월 어느 날, 그 하루 무덥던 날
떨어져 누운 꽃잎마저 시들어 버리고는
천지에 모란은 자취도 없어지고
뻗쳐오르던 내 보람 서운케 무너졌느니
모란이 지고 말면 그뿐, 내 한 해는 다 가고 말아
삼백 예순 날 하냥 섭섭해 우웁내다
모란이 피기까지는
나는 아직 기다리고 있을 테요, 찬란한 슬픔의 봄을

# 동백꽃

김원희


선운산 도솔천 내원궁
동백꽃 떨어진 자리마다
묘비 없는 붉은 무덤이다

한때는 그대가 꽃인 적 있었다
가슴시린 사랑도
세월 지나면 무던해지는가

저 동백
시들어 추해지기 전
아직 색과 향 남아있을 때

보란 듯이
툭!
이별을 고하는,

# 빈집 주인

김 진


여름휴가 때 가고 비워 놓은
상주 함창 농막에 들렀더니
그동안 주인행세 하던 배암이
슬그머니 담을 넘는다

아주 작은 청개구리 형제
비 오는 날 집을 보았다고

귀뚜라미는 툇마루 밑에서
밤새며 집을 지켰다고

말없는 사마귀
부추꽃밭에서 손을 비비면
가을하늘에서 내려다보던 단감
스레트지붕으로 뛰어 내려온다.

# 드라이플라워

나고음


호접란, 다알리아, 천일홍, 안개꽃, 장미꽃이
아름다움을 물고
꽃집 벽에 거꾸로 매달려 있다

삶의 절정에서 숨을 멈춘
드라이플라워

피고 말리고 꺾이고 부러지며
갈피마다 겹겹이 진한 향기
오롯이 숨겨 제 몸속에 묻었다

죽어도 살아 있는
죽어서 더 아름다운
꽃집 벽에 매달린 치열한
그대, 드라이플라워

# 옥잠화

남 청 강


그리움으로 솟아오르는
하얀 꽃망울

오지 못할 줄 알면서도
오매불망
기다림 속에 불러들인
님의 혼령인가

소리 없는 소리로 내려온
조용한 사랑의
살풀이인가

달빛줄기 타고 내게 온
아득한 기억속의
님의 향기

여름밤 하늘에
그윽하네

# 매화

남유정


매화가 핀다는 말은
매화가 진다는 말
귀가 열린
매화꽃망울을
남쪽바람이 흔들 때
봄이 온다는 말은
봄이 간다는 말
발소리에 두근거리는 심장을
고요히 꽃나무에 기대어 볼 때
네가 온다는 말은
네가 간다는 말

봄은 나른히 언제 오나
은근한 향기에 그늘을 달고
너는 언제 오나

# 비취빛구름향

노혜봉


항아리안에몸담고있던눈먼목숨이
긴긴긴재로풀려한획을지울때


처마밑눈먼풍경속스스로울음멈춘채
바람바람꽃꽃술감아올릴때


눈먼석불배꼽주름골골이
비스듬햇살이은보리보리빛으로쌓일때


흰소한마리눈먼허공을솟구쳐
한뼘도리천하늘에발자국을찍을때

# 풀꽃들의 망명

노향림


강원도 외진 얼음골에서 최초로 발견된 이름들
참골담초, 자병취, 개병풍, 애기가물고사리,
두메고사리, 개석송, 꽃향유.
내 짧은 혀로 낱낱이 불러보아도
감금된 이름들은 더욱 억세게 혀를 냉동하듯 움켜잡아
발음 같은 건 허락지 않아요.
입김을 후욱 불어넣어 다시 불러보니
숨 쉬는 그들은 어느새 탈옥수처럼
내 목젖과 혀에 올라앉아 있어요.


그들도 붉은 심장과 감정이입의 혼을 가졌을까요.
빙하기 이후 높아진 기온을 피해 살아남으려고
제 이름과 뿌리만을 단출하게 피난 짐인 듯 챙겨 들고 갔을까요.
얼음골을 향해 나아가는 느리고 느린 걸음걸이
굽이치는 누대의 생을 지나 넝마가 된 몸으로
구릉 너머 몇 발짝만 헛디뎌도 낭떠러지인
얼음골에 그렇게 도피처를 만든 거라는데요.
사람들 발길 닿을까 정확한 지명은 숨겨놓았어요.

그곳으로 가는 내 필생의 작업이
한없이 낯설었으면 좋겠어요.
하늘과 땅 사이에 결빙되지 않고 등허리만 살짝 얼어
화석처럼 남아 있을 얼음골 시 몇 편
짱짱하고 새파란 언어들의 망명객들로 말이에요.

# 눈물로 그리려다

대 우


빈 가슴 파고드는 외로움
마음에 젖어드는 그리움
어느 누구하고 어루만질 건가

아무에게도 말할 수 없는 아픔
누구에게도 보일 수 없는 눈물
어느 누구하고 달랠 건가

타다가 남은 가슴
못다한 남은 눈물
어느 누구하고 울어줄 건가

눈물로 그리려다
못다 그린 꿈이 있다면
그것도 우리들의 행복입니다

숨어서 익어가는
수줍은 그리움이 있다면
그것도 우리들의 사랑입니다

# 이름

두마리아


행려병동 침대머리 불상남 1. 2. 3
육갑 짚어 귀하게 받은 이름 잃어 버렸다
축복 속 내어걸었을 붉은 고추 금줄 같은

명함 한 장 내밀며 우쭐할 때 있었겠지
거친 수렁 헛디뎌 발빠지기 전에는
헤엄쳐 빠져 나올 수 없어 뒤틀려 버린 사지

함몰된 머리 한쪽 제 얼굴도 몰라보는
눈빛은 맑디맑아 다시 아기가 되어
말끔히 비워놓은 침상  이름 찾아 떠났는가

# 신비로워라

동 봉


벗이 보내온
내 초상화를 보다가
화들짝 놀란다
주인공眞이
스케치影 속에서
숨을 쉬는 까닭이다

까무잡잡한
블랙烏
드래곤龍
티茶를 마시다 말고
깜짝 놀란다

퇴수기 안에서
까만 용의 눈길이
빛을 뿜는 까닭이다

시나브로
떠오르는

어깃장 생각

해납백천海納白川
그래,
바다는
온갖 내를
다 받아들인다

어쩜
더러더러
싫은 녀석이
있을 법도 한데……

# 상사화

마선숙


한 몸이지만
만날 수 없으니
어찌 한 몸입니까

잎은 꽃을 생각하고
꽃은 잎이 그리워

상사병을 앓는데

구슬픈 피리소리 들려주면
혹여 약이 될까요

그렇게 기다려도
어긋나는 사람

저 꽃처럼 붉었지요

떠난 자리에서
홀로 피리처럼 울었지요

# 선운사에 가서

문 혜 관


동백꽃을 애송한
미당 선생이
고향으로 내려갔다기에
한참이나 찾았더니

선생은 선운사에 채 오지 못하고
동구 밖 언저리에 누워
막걸리집 아낙네
육자배기 소리에 취해 있더라

바루에 정精을 담고
장판에 때 어지간히 묻히며
산에 살던 그에게서
절집 냄새 가득하더니만

도솔천 내원궁이 있는
선운사에 오르지 못하고
동백꽃 핀 동구 밖 언덕에 누워
아침 쇠북 소리에
시 한 수 읊고 있더라

# 풍경소리

박도신


C도 아니고
D도 아니고
E도 아닌

C#도 아니고
D#도 아니고
Cb도 아니고
Db도 아닌

어정쩡한 음정 하나가

소리란 소리 다 끌고
등마루 넘어 소풍간다

# 부처님의 발톱깎기

박성우


아버지께서
한참을 웅크리고 발톱을 깎고 있다
우리가 모르는 사이 어느새
우리 것이 되어 버린 것들을
그렇게 모가 난 삶의 모서리들을
딸깍딸깍 떼를 잘 입힌 봉분처럼
둥글고 매끄럽게 깎아 내고 있다
아버지 웅크린 모습 그대로
마른 생불生佛이 되어
바닥으로 가라앉을 것만 같다
순간, 나는 아이처럼
깊고 고요한 바닥이 무서워 아버지 하고
그 고요를 살며시 흔들어 놓았다 아버지
대답도 없이 그저 고개만 천천히
나를 찾아 먼 길을 돌아오신다
들일 나갔다 집에 있는 짐승들을
잠시 거두러 오실 때처럼
마루에 앉은 우리들을 물끄러미 거두시고는
다시 들로 천천히 돌아가신다
마른 등은 그믐처럼 차고 깊게 구부러지고

무른 무릎 사이로 얼굴이 천천히 묻혀 갔다
그런 순간이 내게도 올 것이다
둥글고 매끄럽게 떼를 잘 입힌 봉분처럼
삶의 모서리들을 딸깍딸깍 깎아 내며
주위의 안녕을 주섬주섬 거두어 갈 때가
내게도 올 것이다.

# 붉은 욕조

박인하

그때 동백이 지고 있었어 꽃이 피었다가 지는 사이에는 많은 말들이
오고 가지 어느 날인가 내게로 와주었던 말들은 빈 술병처럼 가볍고 딱
딱하게 굳어있던 당신의 충고들도 노곤하다 목울대까지 차오르는 찰방
이는 물속에서 나는 탯줄을 감은 아이 무서운 가위 나를 잘라내지 마,
울음소리를 기뻐하는 사람들 핏물 속에서 나는 건져진 아이 나의 아가
미는 오래 끌고 다닌 먼지와 바람 속에 있었네, 그것은 빛이 바랜 탯줄
의 표식처럼 툭툭 떨어지는, 꽃잎 흩날리는 이야기 목차가 없는 노트를
펼치면 밤의 한가운데를 역류하는 계절 꽃은 수시로 피었다가 지고 붉
은 꽃은 다 동백이라고 읽는다

# 타샤의 집에서

박용진


잎 지는 계절, 줄거리에서 삭정이가 되는 어수선은 이른 봄 실가지 돋는 잎부터 시작입니다


비단 벽지에서 나온 애벌레가 이마를 기는 아침 알람과 녹내장을 가져오는 넥타이, 실핏줄 지도 그리는 카페인에 언젠가 들른 타샤의 집 그녀의 집에선 잠시 아니리가 되어요


쪽 염색 항아리치마를 보고 천사의 머리카락으로 녹아 벽난로의 따스함과 거울에 비친 자급자족으로 상기된 신경세포 흩어지지만 코 바느질로 다시 묶으면 되지요


마음은 달 뜬 저수지에 쉼 없이 비치고 이어 닿을 곳에 잠시라도 좋습니다 부스러기의 생도 가득해져 편지라도 써 볼까요


\* 타샤 튜더

# 쑥국 냄새

박준영


한이라도 없게 시험이나 한 번 쳐보라고
웬 걸, 떡 하니 수석 합격
전쟁 통에 장학금도 없던 시절
등록금을 꾸러 읍내 이 집 저 집 문고리를 잡는다

해는 뉘엿뉘엿 배에선 꼬르륵
마지막 두드린 대문을 들어서자
찬바람 사이로 쏴아 된장냄새, 목구멍을 타 내리는
등록금은 못 빌려도 그 쑥국 한 그릇 먹어 봤으면

어깨 축 늘어진 아버지의 다 떨어진
검정 고무신 뒤꿈치를 따박따박 따라 밟으며
봄은 진달래진달래 오고 있었다

지금도 아버지 고무신 뒤축 그림자는
쑥국쑥국 그 시절 쑥국을 끓이고 있다

# 동백꽃

서정주


선운사 골짜기로
선운사 동백꽃을 보러 갔더니
동백꽃은 아직 일러 피지 않았고
막걸리집 여자의
육자배기 가락에
작년 것만 상기도 남았습니다
그것도 목이 쉬어 남았습니다

# 바람 우체부

서형국


어제 또 울었다는 소리를 들었네요
지치고 젖은 걸음 문 앞에 내려놓으면
소식이 하루 늦은 걸
고마워하렵니다


고개는 찾아든 소리 따라 저어지고
한 치 앞을 못 보는 마음도 장님인데
비릿한 연서
점자로 볼 어루는 여행자


때 지난 그 날도 더딘 당신 마주하고
이 바다 도리 없이 넓어서 다행인데
오늘도 저린 우체부
걸어서 가려는 지

# 풀잎

석성우


한 점 구김살 없는
웃음
속옷까지 다 벗고
너와 함께 서 볼거나

# 사발과 장미

석 성 일

이사 갈 때 데려가지 않아
돌담 옆에 남겨진 이 빠진 사발 하나
매일 밤 가슴에 별빛을 찰랑찰랑 담아
장미에게 바쳤습니다
장미는 모르는 척 빈 집만 바라보다
호젓한 어느 밤
이 빠진 사발을
꽃가슴으로 가만히 안아 주었습니다
이 빠진 사발과 장미의 만남을
흰 감꽃도 톡 톡 톡 내려와 축하를 했습니다
채송화 봉선화 부러움을 사며
햇볕과 뭉게구름을 나누어 갔던 오후
지나가던 할아버지 손에 끝내 들리어
이 빠진 사발은
장미와 헤어져서
삽살이 밥그릇이 되었습니다
깨갱 깨갱대는 소리에
손톱을 깎던 할아버지 얼른 가 보니
삽살이 코에 피 한 잎 묻어 있었습니다

그것은 이 빠진 사발 안에

장미 가시가 돋아나 있었기 때문이었습니다

# 동백꽃

석 전


마애불磨崖佛 새긴
마이트레야[彌勒] 공덕으로
내원궁 향한 천질바위에 잠들어
도솔천에 먼저 가신 가세바위


배맨바위에 매인
애기바위가 청룡을 타고
비기秘記를* 되찾으러 한양으로 갔어.


化身이 되고
接主가 되고
接神이 되고
yesu가 되고**


언제나 다리 펴고 잘까
이리 뒤 척 저리 뒤 척
객방에서 돌 개구리가 되곤 했어

어릴 적 붉게 핀

첫사랑 봉준이

찾아와 손 내밀면

거친 손이 부끄러워

한잎 두잎 입에 물고

동백꽃 속으로 숨어버렸어.

* 孫華仲이 꺼냈다는 마애불상의 검단대사 秘訣.

** Skt. ye+suu [ye; those who. suu; to produce/ suta; son, suta; daughter].

# 무위자연

소만수


금경로에 취하여

연지로 모란꽃을 그리네

꽃 떨어져 그 깊이 한 척이니

굳이 도를 들먹일 필요가 없네

# 나의 꽃철

양 숙


꽃 필 시절에
꽃 피우지 못 한
나의 꽃 시절이
꽃 피우지 못할
시절에 피고 있다

안간힘 쓰지도 않고
꽃철 누린다 책망 마라
누가 뭐래도
꽃 시절이다

지금 여기
바로 내가
꽃철이다

# 해바라기 그녀들

양태평


저 갈대같은 여자는 내 어머니였기에
여간해서 빈둥빈둥 풀어져 눕지도 않았다네

잠 잘 때를 빼놓고는 구부정하니 굼떠도
그녀의 마음이 돌아서기 전까지는 바지런해서

성장통 같은 생의 고비 때 자유를 얻는다네
며칠씩 몸이 져서 끙끙대며 눕던 날

거국적으로 번지는 내 모성의 불길 불길이여

우리 곁에 외치는 갈대의 함성, 해바라기 그녀는
잠시도 허투루 눕거나 앉지도 않았네

이팔청춘의 봄 여름 지나 정숙한 가을까지

땡볕 무서운 줄 모르는 결기, 저 서늘함은
화염을 품어 삭히는 오뉴월 청상의 한일라

동그랗게 굽어간 등, 피 말리는 생의 실크로드여

그녀들 호호할미 갈대 갈대가 되기까지는
어미 모母자로 편히 앉지도 않았네.

# 꽃도 잊었네

양희영


수십 년 몸이 알던 기억도 사라지는가
할매 한 사람 마음 줄 놓아버리네
함박꽃 흐드러지게 핀 오월은 왔는데

일꾼 새참주다 국수 들고 건너오던
네 꽃 내 꽃 없이 꽃 보면 환장하던 꽃
가방에 신문지 욱여넣고 미로를 가시네

# 의자

오선덕


눈 내리는 빌딩숲 저 너머로
사라지는 꼬리가 긴 별똥별 하나

복숭앗빛 열네 살 꿈
또다시 낯선 땅 위로 흩어진다

황토마당에서 뛰놀던 단발머리 소녀
누가 있어 기억해 줄까

떠나지 못한 마른 잎새들의 노래
자꾸만 들린다. 그것들 마디마디

아픈 상처들로 짓무르는 저녁.
소녀가 의자 위에 홀로 앉아 있다.

그 위로 차곡차곡 쌓이는 눈송이들!

# 꽃잎 흩날리는 날

오성희


통점에서 꽃이 핀다고 했던가

봄이 익어가는 사월
진달래 꽃망울 어혈 쏟아낸다
밀레가 들녘을 그리고
고흐가 정오를 그리는 길목마다
기억의 문 두드리며 수런거린다

남해 끝자락에 묻어둔
씨앗 하나 발아되어 불붙는 봄

죽방림에 내리던 빗소리
산사의 풍경소리에
흩날리던 꽃잎들이
그림 속으로 들어간다

# 제비꽃

오영자


한 생의 올진 마음을
가녀린 몸으로
한 뼘도 안 되는 보라색 생을
살다가 가는 세월의 꽃

오므린 어깨로
태양의 빛깔을 바꾸는 재주가 있다
아니 밤새 이슬로 마음을 적시었을 것이다
저 재주는 안으로 깊이 든 멍일 수도 있다
저 색깔을 가진다는
마음을 그을린다는 것
환한 달빛을 받아
보랏빛 얼룩을 만든다는 것

화려하지 못하여
그 마음 차마 드러낼 수 없어도
수줍은 듯 지나는
바람에게 마음을 전하면 그뿐

한 생을 한 색깔로 산

작은 꽃잎 위에

스스스 흔들리는 마음을 얹어 본다는 것

# 작은 시의 노래

오형근


낮잠에서 깬 아내가 나를 부른
"여보"
란 말에
내 방에서
"응"

말하고 나니,
"응"
그 울림에 깊이에
스스로
빠지고 말았네

언제까지
세월의 강을
"여보"
"응"
하면서
건널 수 있을까?

"여보"

# 얼레지 꽃

우정연


보따리 장사 같은 그녀가
이 곳 저 곳 기웃거리다 추위에 잠시
쉬기도 하고 터벅거리는 멀고 긴 길 위에서
잠을 청하기도 하는 건데
그늘 속 미소, 바람에 찢겨도 꽃대
꺾이지 않고 고개 숙여 보랏빛 고고함으로
그들만의 마을을 이루는 건데

얼레지 무리 속 영춘화, 노루귀
섞여본 적도 없는데 상처 난 꽃잎만으로
바람난 여인 * 이라 부르지 말아요
여려서 여려서 찢겨졌지만 결코
마음까지 내 준적 없는 도도한 여인이에요


* 얼레지 꽃의 꽃말

# 늙은 매화나무와 돌계단

유 병 란


서걱거리는 시누대숲을 지나
굴참나무 정금나무 편백이 우거진 산길을 돌아
도착한 작은 암자

옹이가 박혀 울퉁불퉁한 늙은 매화나무 옆
돌계단 의자에 앉아 나무를 올려다봅니다

검버섯이 핀 껍질과 휘어진 가지들
나이를 가늠할 수 없는 노거수 위엄이
발길을 겸손하게 합니다

매화나무 긴 그림자 한쪽 팔을 일렁이며
천천히 돌계단에 몸을 앉히고 있습니다

햇살과 바람도 경전을 읽고 갈 것만 같은 옛 절

바람이 지날 때마다 우수수 떨어지는 낙엽

늙은 매화나무 조금 더 가벼워졌습니다

# 영평사 구절초

유수화


싸락눈이 오락가락 이어지는 새벽,
봉인된 술독을 열자 술방은 구절초 언덕이 된다

그대 가슴에서 구절초 아홉 마디에 총총히 손짓하던
구절초 꽃잎에 흔들림, 구절초 바람이 된다

구절초 길 따라 걸었던 그대의 이름처럼
술방의 달빛이 구절초 풍미에 설레어
눈발 사이로 흔들리고 있어

눈에서 멀어지듯 마음에 봉인 된 가을이
구절초 부처님의 가피인가
새벽 풍경소리에 오고가는 마음을 오랫동안 세워둔다.

# 선운사 꽃무릇

유희숙


꽃,
잎,

보이는 것과
보이지 않는 것과

선운사에서
선운사에서

무릇,
나를 보셨나요

# 자화상

윤동주


산모퉁이를 돌아 논가 외딴 우물을 홀로 찾아가선
가만히 들여다봅니다.


우물 속에는 달이 밝고 구름이 흐르고 하늘이 펼치고
파아란 바람이 불고 가을이 있습니다.


그리고 한 사나이가 있습니다.
어쩐지 그 사나이가 미워져 돌아갑니다.


돌아가다 생각하니 그 사나이가 가엾어집니다.
도로 가 들여다보니 사나이는 그대로 있습니다.


다시 그 사나이가 미워져 돌아갑니다.
돌아가다 생각하니 그 사나이가 그리워집니다.


우물 속에는 달이 밝고 구름이 흐르고 하늘이 펼치고
파아란 바람이 불고 가을이 추억처럼 사나이가 있습니다.

# 경칩驚蟄을 먹다*

## 이경숙


새벽이면 아버지를 태운 낡은 버스는 그르렁거리면서
상대원 고갯길을 오른다
마감을 재촉하는 건설현장 감독의 주파수에 걸린
아버지 다리는 난간에 걸쳐 파편으로 부서진다
파스를 칭칭 감은 채 안방통소로 산다


어머니는 온 동네 웅덩이를 헤집으며 분주하다
우무에 쌓인 개구리 알을 건저
팬에 지지고 날것은 소주에 담근다
아버지의 다리는 개구리로 덮였다
비 내리는 날이면 안방에서 개구리 울음소리 들린다
거세지면 아버지도 개구리도 그림자로 씹는다
물이 홍건한 안방엔 물갈퀴가 흐느적거린다


* 경칩이 되면 개구리 알을 먹는 풍습이 있다. 전라도 지방에서는 '경칩을 먹는다'
라고 전해진다.

# 바람을 심었네

이담현


음계를 휘어잡고 지휘봉을 들게 되었다는 그대의 말[言],
그 속에 초야를 치른 부끄러운 씨방 있을 거 같아
오선지 같은 두 손으로 받았습니다
오선지 위에 내려앉은 씨앗 같은 말,
해가 바뀌어도 떡잎 하나 내밀지 않습니다
비발디의 하얀 선율 제4악장이 끝나지 않아 그런지
모종컵을 사야겠습니다
코끝이 동백꽃 속삭이는 그곳으로 지느러미를 늘리면
팽창한 관속에서 두 발 쑥 내밀 것 같은
그를 꾹꾹 눌러심을 겁니다

그러면 쑥덕쑥덕 자란 말들이 둥근 숲을 이루고
정수리 푸른 잎맥마다 빨대를 꽂고 수액을 들이킬 겁니다
동백나무 묘목을 심었던 유년의 그때처럼,
더러 골짜기의 숨은 바람이 발목을 낚아채는 날에는
들썩이는 뿌리 촘촘하게 쓰다듬어 가면서 말이지요

# 불안의 봄

이덕주


    불안이 온다 내 방으로 온다 오며 커진다 가지 않는다 기도해도 오는 불안, 가지 않는 불안, 불안이 불안을 안고 온다 불안 때문에 죽기 직전 가는 불안, 오는 불안, 불안이 나를 보러 온다 불안이 나의 안부를 묻는다 아직 죽음을 주지 않는 불안, '불안아 고맙다' 불안, 안 오면 기분 좋은 날, 그런데 불안이 안 오던 날은 언제인가? 불안, 기어이 밤늦게 온다 잠시라도 온다 불안이 불안을, '불안은 불안을 모를 거야' 불안이 가득하다 봄이 불안하다

# 천천히 살라
— 도솔산 선운사 계곡에서

이 서 연

더위에 병든 번뇌
한 껍질 벗겨낼까

계곡에 발을 담고
물소리를 읽어보니

천천히 살라는 말씀
뼈마디로 스며드네

# 할<sup>喝</sup>

이 석 정

한밤중 매미소리가 단순, 복잡

의미심장한 말씀을 쏟아내었다

참 맴인가 귀를 세우면

시침을 뚝 뗐다

나를 검증해보는 밤이 색 즉 색 즉

있다 없다

없다 있다

스승님 침 뱉는 소리인가

눈을 꾹 감았다

# 숙명의 틀

이 설 영


소낙비인가
장대비인가
내가 안고 온 숙명의 비는
얼마만큼 더 퍼부어야 멈출 수 있을까


팔만 사천 번뇌가 나를 에워싼 채
사면초가로 내 앞길을 막아설수록
더욱더 간절히 목놓아 불렀던 푸른 희망


어떠한 고투 속에서도
늘 희망을 부여잡고 살았지만
그것을 움직이지 못한 것은
결국, 내 작디작은 경애의 틀이었음을
그것을 깨닫는 순간 내면의 바다가 열리고
생명의 태양이 비로소 조금씩 떠오르기 시작한다


헛됨 없는 그 어떤 번뇌도
연꽃처럼 교훈이 될 수 있음을 그제야 안다.

# 사람책

이소영


산나물을 다듬는 할머니 까만 손톱을
박스를 싣고 가는 할아버지 굽은 등을
몇 년간 병상에 뿌리 내린 남자의 퀭한 눈빛을
택배 아저씨 잔등에 땀으로 그린 지도를
출근길 신호등이 된 모범기사 수신호를
노숙자 식판에 국을 뜨는 자원봉사자 손길을
퀴어 축제에 나부끼는 무지개 깃발을
부지런히 올라간 교복치마와 마스카라를

읽는다,
자기 인생의 저자가 된 사람들

# 돌꽃

이 아 영


바람이 키질하다 멈춘 자리
꽃망울 내밀고
장대비 맞고 아문자리
꽃잎이 돋았다

천년만년 시간 오고 갔을 터인데
우레가 칠 때 고막을 앓고
삼복염천에 까맣게 탄 살갗
보름달이 환하게 식혀주기도 하고

엄동설한 폭설 맞고 단단해진 민낯
칠흑 밤하늘
수많은 별들이 스며들기도 했을 것이다

새소리가 귀를 맑히고
이슬 머금고 날아간 뒤
꽃봉오리 탐스럽게 벙글었구나

한 번 피어
천 년을 지지 않는 꽃

# 꽃의 이해

이정환


내게 이해하라고
말하지는 않는다

여기 있네, 와 보라고 말하지도 않는다

너는 왜
거기 섰느뇨
물을 수가 없듯이

하루를 이해하고
살아온 것 아니어서

꽃은 거기 피어 몇 줌 향기를 흩고

나는 또
갈맷빛 하늘
오래 우러를 뿐이다

# 섬

이정희


태안 솔향기 길에서
만난 서해바다
섣달 추위에 입술까지 새파랗다


찬바람 안고 새벽일 나가는
바다가 안쓰러워
털모자 씌워주었다


작은 배려가 고마웠나
모자에 달린 방울이
미소 띠며 눈인사 보낸다

# 고요한 나무

이지담


어제 들은 말을 오늘 또 듣는다
축 늘어진 음에서 바늘이 툭 튀어 오른 음반처럼
설거지를 끝내고 창문을 열었다

한 생애 동안 바라보는 화단가 소나무
바다를 거느린 바닷새처럼 내 안을 날고 있었다

매달린 쉼표들이 곁자리에 내려앉아
새겨 넣으려 했던 기억들이 그림자 속에서 중화된다

볼품없이 금 가 있는 찻잔 속에 뻗은 뿌리들
심연 아래 가슴 아파서 내려앉은 것들

오래 묵힌 말들을 새들이 대신 조잘대는 계단을 내려온다

내가 없는 나무속의 고요를 바라보고 있다

# 면벽

이 청화


뜸북이는 뜸북뜸북
뜸북새 울음을 우는데

내가 무언지 모르는 나는
내 울음도 울지 못하고 사네

죽어라 이 無明의 삶
어떻든 끝장이 나게

원수의 몸같은 벽을 향해
송곳 하나 꼬나들고 앉는다

# 봄이 오면 나는

이 해 인


봄이 오면 나는
활짝 피어나기 전에 조금씩 고운 기침을 하는
꽃나무들 옆에서 덩달아 봄앓이를 하고 싶다

살아 있음의 향기를 온몸으로 피워 올리는
꽃나무와 함께 나도 기쁨의 잔기침을 하며
조용히 깨어나고 싶다

봄이 오면 나는
매일 새소리를 듣고 싶다
산에서 바다에서 정원에서
고운 목청 돋우는 새들의 지저귐으로
봄을 제일 먼저 느끼게 되는 나는
바쁘고 힘든 삶의 무게에도 짓눌리지 않고
가볍게 날아다닐 수 있는
자유의 은빛 날개 하나를
내 영혼에 달아주고 싶다

봄이 오면 나는

조금은 들뜨게 되는 마음도
너무 걱정하지 말고
더욱 기쁘고 명랑하게
노래하는 새가 되고 싶다

봄이 오면 나는
유리창을 맑게 닦아 하늘과 나무와 연못이
잘 보이게 하고
또 하나의 창문을 마음에 달고 싶다


― 이해인, 「고운 새는 어디에 숨었을까」 중에서

# 동백이 진다

이혜선


선운사 뒷산에 붉은 동백이 툭, 툭

목을 꺾는 찰나

품 속 깊이 간직한 너

전생의 눈썹 한 올 꺼내 날려보낸다

45억 년 전의

네 손톱 속 반달이 하얗게 지고 있다

우주 어느 별에선가

하얀 동백이 피고 있다

# 동백꽃

임 연 규


나 태어난 갑오년
육십년 전 동학란에


'밭은 밭가는 사람의 차지어야 한다며'


동학군으로 전라도 어디로 떠나가서
영영 돌아오지 않았다는 증조부


천둥번개같이 성질도 불칼이라 가실 때도 아마
동백꽃 목 톡~ 떨어지듯 가셨을 거라고……


증조할머니 기일에 함께 모시는 제사는
저승길에 동백꽃 등불도 환한
정월 대보름 오늘입니다

# 생각에도

임효림


생각에도
길이가 있고
무게도 있고
빛깔도 있습니다
어떤 이의 생각은
너무 짧아서
자기 눈썹도 넘지 못하고
어떤 분의 생각은
하도 넓어서
텅 빈 허공 같습니다

# 선운사 동백꽃

장대규


피기 전 합장하던
다소곳은 이미 없다

발그레 홑저고리 야살스런 속살 하며

스님도 절을 버리고
바랑 고쳐 메겠다.


동백冬柏이 춘백春柏으로
여기는 북방 한계

먼 남쪽 어느 돌섬 향수에 사무치어

춘풍에 풍경이 울면
아련아련
따라 운다.

# 맨드라미

장옥경


얼마나 허공을 콕콕콕 찍었으면
땅을 박차고 날아오르려 했으면
온 몸이 활활 타오르는
불꽃으로 피었나

시간도 멈춰버린 숨 막히는 열기 속에
붉고 검은 앞가슴 엉겅퀴숲을 지나
불잉걸 지나가는 바람도
화들짝 튕겨 오르고

꽃대 위 문장들이 꿈틀꿈틀 깨어나는
시마詩魔 걸린 정수리에 초록 숨결 불어넣자
화르르 살아 숨쉬는 시詩
땡볕 속에 터진다

# 열반에 든 개똥참외

전 인 식


흉기를 든 여름날의 폭력에도

단단히 가부좌를 틀고 앉아

한 생애 오로지 면벽面壁 하늘

태어난 그 자리 홀로이 마감하는

열반涅槃길에는

다비식도 다 쓸데없는 일

들쥐에 육보시肉普施한

썩은 몸 한쪽도 아까워

이웃 들풀에 마저 공양하고

남긴 진신사리 같은 몇 점 씨앗

빈 하늘 새들이 또 물고 날아

어느 어둔 세상 한구석까지

꽃 피우는 보살행菩薩行

하는 일 남모르게

몸을 숨긴 들숲 속

이미 수천 년이나 행해졌을

깨친 자 아름다운 삶 앞에

나무관세음南無觀世音

삼배 합장도 할 줄 모르는

내게도 불성佛性이 있긴 있을까

# 연꽃나루지기

정복선


연잎이슬에 붓을 적셔

다탁茶卓 한가운데 거문고자리를 그려놓고

태양계 밖 어디로

노를 저어가는가, 그대

# 백로에서 한로까지

정수자


흰 이슬을 찬 이슬로 수식어를 다듬는 건
시간의 기색 위에 소름을 앉히는 일

먼 별의 명도를 재며
백로가 털을 고르듯

몸에 익은 온도의 관형어를 바꾸는 건
기와 색을 탐하는 오래된 습관이다

제 별의 채도를 높이며
가을의 삶을 헤매듯

# 또, 봄

정영선

봄이 봄을 낳았다

논두렁에 쑥
밭두렁에 냉이
길섶에 민들레꽃
작년 그 자리에 꽂아 놓았다

분홍과 연두도
온 산에 점점이 찍어 놓았다

모두 저그 어미 똑 닮았다

# 사랑의 거리

조 오 현


사랑도 사랑 나름이지
정녕 사랑을 한다면

연연한 여울목에
돌다리 하나는 놓아야

그 물론 만나는 거리도
이승 저승쯤 되어야

# 이름 자리

주 경 림


은방울꽃 금낭화 제주양지꽃 할미꽃
마른 잔디밭에 이름표만 서 있어
지나가다 그냥 이름을 불러봅니다
낙엽 이불 속에서 꿈쩍도 안 합니다
다시, 초등학교 선생님이 출석 부르듯
성까지 붙여 또박또박 불러봅니다
백합과 은방울꽃, 현호색과 금낭화……


낙엽 이불 한 자락이 휘리릭 젖혀집니다
곤줄박이 한 마리가
날아가며 일으킨 바람 때문일까요
그 바람결에
이제, 그만 일어나라고
내 이름을 불러주는 소리도 들려옵니다.

# 인연 찾아 가는 길

진준섭


그 향기 따라 길을 걷는다

언젠가 걸어본 듯 낯설지 않은

간절한 마음 쌓여 길이 되었듯

내려놓아야 비로소 보이는 길

비워낸 충만에 숲이 길을 열면

물소리 바람소리 벗이 되고

햇살이 내려앉는 그 어디쯤

누군가를 만나게 되는

그 인연의 길

# 지금 어디로 가고 있는 것인가

차갑수


오래 전, 법정 스님의 강의를 들은 적이 있다.
생활이나 마음의 중심을 잡는데 크게 도움이 되었다.
가끔 쓸쓸함에 젖곤 하는데,
우주 만물은 마음이 만드는 실체임을 알고부터
불교라는 새로운 세상의 눈을 떴다.
홀로 의연하기 위하여,
나를 존중하기 위하여,
스스로의 균형을 세우기 위하여,


늙는 일이 어디 나 뿐이랴.


− 수필, 「지금 어디로 가고 있는 것인가」 중에서

# 상사화

채 들


내가 잎으로 가면
너는 꽃으로 가고
내가 꽃으로 가면
너는 잎으로 가고……

일생을 두리번거리며
너를 찾아 헤맨 길이
나를 찾아가는 길인데

이번 생에도
너를 찾으러 왔다가
나도 못 찾고 가려나보다

# 푸른 하늘 저편

천 지 경


살면서 푸른 하늘 저편에
가고 싶을 때가 있습니다.

장마 끝
일찍 잠이 깬 날
하늘을 올려다봅니다.
어릴 때 보던 하늘입니다
나쁜 마음이 사라집니다.
푸른 하늘 저편에는
동화 속 아름다운 나라가
있을 것 같습니다

이제 푸른 하늘 저편에는
죽은 후를 심판 할 신이 있을 거라는
생각이 듭니다.
당신과 나는 죄가 많아서
푸른 하늘 저편에 가면
방망이에 탕탕 두들겨져서
신장들의 발깔개가 될 것입니다

푸른 하늘 저편은
착하게 살라고 말해줍니다

# 잔디밭에서 경 읽는다

최금녀


제초제를 뿌리고

며칠 후

너, 그렇게 독한 살생제 뿌리고 마음 편하니?

저 어린 것들의 아토피 알고 있니?

피고름 본적 있니?

마당에서
허리 부러진 어미 잡초들이
주저앉아 눈물 뚝 뚝 흘리면서
나를 쏘아보고 있었다.

## 제행무상諸行無常

최대승


욕심이다
영영
버리지 못하는 욕심이다

말문이 더듬거려지는 것은
살아가는 것이 이리도 미련이 깊은 것은

미소 짓는 마애불 꿈쩍 않는데
바람이 훑고 가는 산등성마다 파란 아우성

꿈이구나
사는 게 다 꿈이구나
도솔천 가뭇없어 손을 모으면
허허롭게 비어지는 파란 하늘

산다는 것은
살아있다는 것은
끝없이 나누는 베풂인 것을

# 동백

최미정


한밤중, 누군가 문을 두드렸다
창밖은 붉게 물들어 있었다
구멍 난 창호지 사이로
뜨거운 불빛 하나 뻗어 왔다
아버지는 열쇠 꾸러미를 들고 나가셨다
이불 속에 나란히 발을 묻고
식구들은 회벽에 기대어 앉았다
밤은 길었다
가끔 고개를 돌려
하얀 벽에 새겨진 머리통의 크기를 재 보았다
그림자가 엷어지면서
웅크린 어깨선도 무너지고
바람에 실려 조금씩 그을음이 날아왔다
한낮이 되어서야 아버지는 돌아오셨다
싼내 가득 안고, 화부처럼
아무 일도 없었다는 듯
아버지는 화단에 고운 모래를 깔고
열을 지어 동백 잎사귀를 묻으셨다

# 촛불

최 범 매


수다사 대웅전 무릎 꿇어 촛불을 바라보니
다겁생래多劫生來 여러 생각 하나로 돌아가네
그— 하나는 또 어디로 돌아가는지


부질한 망상 덩어리 일귀하처一歸河處
석가모니 미소가 더욱 빛을 발하네


누더기 입은 비구의 목탁소리
온 산천을 뒤 흔드는데


만고 업장業障을 녹이는 촛불은
무슨 일로 이내 마음 헤집어 괴롭히나
아 — 무념무상無念無想!

# 모닝콜

최오균


- 따르릉, 여보세요
- 애비다, 여태 자냐?


- 예, 아부지, 근데 무슨 일 있으세요?


- 아니 뭐, 꿈자리가 좀…
- 난, 일읍따,
- 딸가닥.


먼 길 떠난 아내
꿈에 설핏 나타나
무슨 말을 하는데 도무지 알 수 없어
뭐라고? 소리치다가
눈이 번쩍 떠진 새벽.

# 내 님 오시게

최 지 영


낯익은 발자욱 소리에
행여 님 오시려나
밤새 설레이며 귀 기울였다
날이 밝도록 문 밖에서 서성이는 님
기다림에 지쳐 살며시 창문을 여니
옥수수밭에 머무는 바람소리였네
바람아 불지 마라 내 님 오시게
멀리 떠난 내 님이 돌아오시게.

# 한 연못의 연잎으로

충 막

한 연못의 연잎으로 옷은 이에 넉넉하고

저 산의 송홧가루로 식량은 충분하네

세인들에게 나 있는 곳 알려진다면

이 풀집 옮겨 더 깊이 들어가리라

# 거문고를 탈 때

한용운


　달 아래에서 거문고 타기는 근심을 잊을까 함인데, 춤 곡조가 끝나기 전에 눈물이 앞을 가려서, 밤은 바다가 되고 거문고 줄은 무지개가 됩니다

　거문고 소리가 높았다가 가늘고, 가늘었다가 높을 때 당신은 거문고 줄에서 그네를 뜁니다

　마지막 소리가 바람 따라서 느티나무 그늘로 사라질 때 당신은 나를 힘없이 보면서 아득한 눈을 감습니다

　아아, 당신은 사라지는 거문고 소리를 따라서 아득한 눈을 감습니다

# 꿈꾸는 꽃

한이나


세상은 황사만 가득하다

2월은
두문불출 마음 한켠에 꽃등을 켠다

화분의 꽃들 지고나면, 황사 속 흐린 세상 밖에서
봄은 꿈꾸다가 다투어 피어날 것이다

해종일 걷는 일만이 전부처럼
봄 그늘 속 연둣빛까지
걷고 또 걸을 것이다

연둣빛이 될 때까지

# 목탁이 울고 있다

허 정 열


텅 빈 제 몸을 치며
넘치는 마음 비우라고 맑은 소리로 운다
저것은 비움의 힘
아무것도 두른 것 없는 소리의 중심이
내 귓속을 파고들어 파문이 인다

나무들도 일제히 말씀 퍼 담기 위해
티격태격 하던 시간을 내려놓는 중이다
중턱에서 걸음 멈추고 바라보던 북한산
가을이 공명통처럼 부풀어 오른다
텅 빈 자리를 가득 채운 맑은소리
온 산을 휘감고 달려오는 동안
소리가 빠져나온다

배낭 속에 가벼워진 마음이 가득하다.

# 봄이 오시는 날

현 송


기어이 떠나시더니
꽃씨를 한 짐 지고
싱글벙글 오시네

오늘은 찻잔 닦는 날
참았던 사랑이 터지는 날

# 소풍

## 홍성란


여기서 저만치가 인생이다 저만치,

비탈 아래 가는 버스
멀리 환한
복사꽃

꽃 두고
아무렇지 않게 곁에 자는 봉분 하나

# 흘러내린 길

홍순화


낯선 길이 걸음을 붙잡자
꼬리치며 초면의 객을 산사로 안내하는 누렁이 한 마리


출타한 스님을 대신해
똬리를 튼 고요가 평화를 보시하는
적막에 휘감긴 절간


절정을 떼어버린 매화나무는
몇 송이 꽃만 지닌 채 비움의 경전을 외고
대웅전 옆 살구나무 고목 한그루
바람의 독경을 읊으며 엇박자 목탁을 치고 있다


깨어져 나뒹구는 평화가 어리석은 중생을 다그치고
욕심에 가린 눈을 내리치는 죽비 한 줄기
아뿔싸 눈 뜬 장님의 눈을 씻어준
부처는 바로 누렁이라는 깨달음


황급히 합장한 두 손 사이로
아프게만 걸어왔던 길이 흘러내린다

# 상사몽

황진이


그리워라, 만날 길은 꿈길밖에 없는데

내가 님 찾아 떠났을 때, 님은 나를 찾아왔네

바라거니, 언제일까 다음날 밤 꿈에는

같이 떠나, 오가는 길에서 만나기를

불교문예작가회 05
# 야단법석 5
©불교문예작가회, 2019, Printed in Seoul, Korea

---

초판 1쇄 인쇄 | 2019년 03월 20일
초판 1쇄 발행 | 2019년 03월 30일

지은이 | 불교문예작가회
펴낸이 | 문혜관
편  집 | 고미숙
디자인 | 쏠트라인saltline
펴낸곳 | 불교문예출판부

등록번호 | 제312-2005-000016호(2005년 6월 27일)
주    소 | 03656 서울시 서대문구 가좌로 2길 50
전화번호 | 02) 308-9520, 010-2642-3900
전자우편 | bulmoonye@hanmail.net

ISBN : 978-89-97276-36-3 (03810)
값 : 10,000원

---

이 책은 **선은사**에서 일부 지원받아 제작하였습니다.

이 도서의 국립중앙도서관 출판예정도서목록(CIP)은 서지정보유통지원시스템 홈
페이지(http://seoji.nl.go.kr)와 국가자료종합목록시스템(http://www.nl.go.kr/
kolisnet)에서 이용하실 수 있습니다. (CIP제어번호 : CIP2019010312)